歌集

# 雪岱が描いた夜

米川千嘉子

本阿弥書店

雪岱が描いた夜　目次

装幀　真田幸治

# 歌集　雪岱が描いた夜

米川　千嘉子

## 飴ゴム

歴史上もつとも平和な日本を生きしわたしの頭上に腐る木蓮

色セロファンといふものをまだ子どもらはつかひをらむか　夕焼けの射す

夕焼けの空にびーんとふるへたるゴム跳びの飴ゴムのにほひよ

水やりのお母さんら来ることもなし福祉協議会の花壇の消えて

支持率のそれでも上がる国にゐて電車のひとをつくづくと見る

つくばエクスプレス

脱毛の広告ならぶＴＸ降りて青葉のそよぐ街ゆく

住宅は赤い躑躅をめぐらせり躑躅のなかに照るデストピア

家もたぬ生活の便利さを若者は画面に語るそれもよからむ

〈朽ちて土に還る家〉の写真見てをりぬ人の崩《く》えゆくごとくくるしゑ

昨夜《よべ》放火二件あり　青葉の雨の降る今夜も腫れてこころはあらむ

ママ友はつひに友ではなかりけり道の向かうの銀の自転車

登校班の声なくなりし住宅地巣立ちのちかき燕の声が

「百歳《ひやく》の生九十歳《きうじふ》の死どちらも嫌」八十八歳そらまめ豆腐

〈涙をのむ〉は比喩ではなかり豆ごはんみどりの沁みる五月のゆふべ

あたらしい考へを宿しわか草のやうに白髪は萌えてくるもの

水をこぼす

こころにつひに老いがたきこと顔なしのさくらさくらに母と入りゆく

水をこぼす　長谷雄草紙《はせをざうし》に抱かれて溶けしをんなのやうにひろがる

そこに写つたスライムのやうなをんなはかの子なまあたたかくからだ広げて

一瞬を全力で生きるのは怖いこと断髪の岡本かの子はわらはず

五十歳《ごじふ》過ぎ楽《らく》になるのはひよろひよろと老人に繋ぐ手が生えるから

一生は一本の川　主婦として森田童子は死んだと書かれ

## 四十周年

創刊以来「かりん」の校正を担ってきた寺戸和子さん、
四十周年記念号完成直前に急逝。

記念号三度の校正二度目より校正室に寺戸さん無き

全員分のゲラ持ち帰り見直しせる寺戸さんに〈全員〉はどんな顔なりし

逝きたりしひとと語らふ時のなく宴の果てて会場明し

テーブルクロス外されたれど小高さん岩田先生寺戸さん来ず

柿青葉せり出してゐる曇天を響きのぼらむ夏蒐《なつかり》太鼓

鶲といそひよどり

円山川かそけき流れをひたひたと海押すといふ汽水の湿地

七ミリのシッチコモリグモに生まれなば籠もること水のかがやきのなか

「但馬国柳箱」は正倉院御物にありふるき精霊柳はうたふ

平成なり昭和なりむかしの水無月なり　鸛おほき翼をひらく

鸛こゑをもたねばクラッタリングカタカタ誇示し威嚇し愛す

がたがたと足のおほきく田を踏みて人間に好かれたことなきといふ

鶴でなく松にゐるのは鸛　松根油採取のために減りたり

滅ぼしてまた増やさむとする人間を怒らず笑はず鸛は見る

こふのとり保護の歴史の半世紀つがひ飛ぶころ人間《ひと》の危ふし

あをあをとふるへる空気の玉を吐くいそひよどりの霧の城崎

いそひよどり海のひびきを声にして温泉街の柳にゐたり

一の湯や巡礼のごと外湯浴みうれしき苦きことを思はむ

たくさんの皿に少しずつ

ああ過去をつるりんつるん一つづつ呑みて仕舞はむ出石《いづし》皿そば

営巣のために持ち込みし枝や紐　こふのとりではなきわが家にも

ざくざくと紐かけぐいと引き絞る　これは〈近代の女〉の塊

もつさりと二十四年を積もりたるなまあたたかきものを捨てばや

家出むと思ひしことの一度あれど歌に詠まねば思はざるごと

きのこ鍋

無洗米なれどぴかぴか甘いごはん秋田のきみに叱られたれど

旬のなきエリンギ椎茸えのき茸鍋に煮るとき濃き秋の顔

鶏団子のスープのなかでぐつぐつと秋ふかき山の霧のはなしを

あさつては引つ越す夜のきのこ鍋コンロ土鍋も焦げてなつかし

子らといふ呼び方はなくただひとりの息子を呼びて暮らしたる家

鼻のあたまを湯気も思ひ出もあたためる断捨離ならず断捨離はせず

好き嫌ひするなといふ役降りた義母きのこ嫌ひであると告げたり

〈緑の太鼓〉

さびしいさびしい気持ちのそばで鳴りくるふ多肉植物〈緑の太鼓〉

女性専用車両に朝陽は投げ込まれ疲れたひとの顔を照らしぬ

だれのことも助けないといふ顔をして乗り来し少女も隣で眠る

家の前の小公園には毎日園児が来る。

秋の日のをさな子のこゑ泣く・叫ぶ・ダンゴムシゐて先生を呼ぶ

アンパンマンはおそろしき慈悲のはなしなりあかあかと行く園児の帽子

前後に子を乗せる自転車がつしりと「たたかふ母」を比喩とおもはず

さざんくわさざんくわ咲いた道咲いた赤は見る全速力の母のなみだを

しゆわしゆわ切つて
さまざまなひと亡きことの痛み来る菊咲く午後をきみとわらふに

草上に手紙ひと束燃やす無し　しゅわしゅわ切ってぎうと詰めたり

三十年の手紙より残すものを抜く　死にしひと疎遠になりしひとばかり

いつしかに心の遠くなりし友手紙は昨日のごとく汚れず

メールなき時代を若く緊張しねんごろに書きてこころはありき

あたらしい本棚に入れず　あざやかに言葉は死んで触れても動かず

小さい小さい微差を味はふ歌となり和歌のむかしへゆつくりかへる

三十人坐して一人もスマホ見ぬ壮観といへ整形外科待合室

カカオ豆95パーセントのチョコレート老いし母にはへんな食べ物

階段をのぼれぬ母は一階の椅子にしばらく座りて帰る

新しいご近所

九十二だけどお役に立ちたいと芥子菜漬けをさはに呉れたり

おばあさんは娘《こ》がたまに来てしてくれること少し自慢すわが母のやうに

たまに来て最善のことをなさむとし失敗をするむすめならずや

# 大喪の礼前夜から——平成の思ひ出

平成元年二月二十三日、中野サンプラザで第一歌集出版記念会

記念会果てて見下ろす東京の大喪の礼前夜のさむさ

平成二年四月、出産

〈大正〉も〈昭和〉も〈平成〉のさびしさを知ることなからむ　平成生まれ

退職

三足の草鞋はわれには無理ならむ　まづは二足を編むところから

平成三年春から一年間ボストンに

雪深きボストンの家日本の四季の言葉のことを書き溜む

平成五年、つくばの官舎から谷和原村へ転居

公務員官舎のトイレ朱色なるドアの不思議はそのままに越す

父の介護終へて息子を迎へにゆく延長保育室にまた一人なり

沙悟浄の役の息子の青帽子河童の母はサテンで縫へり

一人子の飼ふカメ、ポケモン、たまごつち　不思議ないのちたくさんの友

こどもらの兄弟喧嘩に悩みし友〈神〉に従き駅で〈神〉を訴ふ

ワープロからパソコンへ

機械音痴いつも機械にびくびくとしてゐるわれを夫はわからず

三省堂『現代短歌大事典』編集室にて河野裕子さん

夫を待つて残されてひとり世を見つつ女生きると言ひたるものを

まだ主婦といふものありてガラス越しに平泳ぎ習ふ子どもらを見る

平成十三年、ニューヨーク同時多発テロ

ツインタワー、グランドキャニオンからからからとストローラーを押してゆきしが

夜十時塾のまへには車ならびかならず一人を選んで乗せし

流星や蟬の羽化見しあをき夜はるかにて子はまだ勉強す

事故を起こす

追突事故起こした妻を怒るなと〈迎への旦那さん〉にはまづ言ふらしき

平成二十年、土浦連続殺傷事件

「ニート」はた「ゲームオタク」の形容もすり減りて鈍くなりゆく十年

平成二十二年、毎日歌壇選者

河野さんが最後に選びし選歌欄読めばしづかな声はにじみぬ

平成二十三年、東日本大震災

茨城のわれらへも送られくる米や蠟燭や水　翳生るる廊下

背高の草や小さき花のそば線量計を動かし測る

〈人権派〉とふ言葉に憧れ憧れより降りゆく息子の六法全書

平成二十七年、豪雨による鬼怒川決壊。洪水時、貯水池となるよう
設計された公園はすっかり水の底に沈んでいた。

ダムに沈んだ村にも風は吹きにけむ　水底にある雲梯ひかる

温暖化も政治劣化もただ止まず　日本に戦争なかりし平成

こころの終はるとき

すべる公孫樹《いてふ》黄葉《もみぢ》に注意　ひと逝きてかなしきときを転んでならず

あだ名で呼んで親しさ示すは苦手なるむかしのままに蔦紅葉見る

二十代で読んだ歌集にしるし濃し大勘違ひ大当たりあり

五十九、八十九の実感なく四十と七十くらゐで話す

むかしの家と呼びつつかよふ二か月の時間に家はたちまち痩せて

犬小屋とふ言葉きりりと生きゐしころ犬への人への愛情凜々と

歯科に眼をおほはれからだかたむけばこころの終はるときをおもへり

ロマネスコ

ぢりぢりといのちを思ふといふ義父《ちち》と義父の看る義母《はは》へ弁当を作る

インド風宮殿のやうなロマネスコも食べる義父されど夫と和解せず

義母とただ二人で生きむと決めし義父風呂場で昼の灸を据ゑをり

秋空は生者の青とつぶやけば白山茶花ははげしく散りぬ

一つ義理立てて三つの不義理あり白山茶花をざくざくと踏み

湯豆腐を食べればだれかわがうちに温《ぬく》とく坐りまた去るごとき

味はひ深き

昭和平成ほぼ半分のわたくしにどんな時代の積もりてゆかむ

昭和なるポッポーのこゑ伝書鳩飼はるる空のふとかき消えし

平成はクリアファイルの時代なりうち重なりてしづかに曇る

紙すでに無くなるときは近いよとクリアファイルのしなしなへ言ふ

ゐのししの干支はいささか恥づかしと思ふたび瓜坊の親子にごめん

それならばどんな干支ならよいのかと　ゐのししは味はひ深きいきもの

# 蓮根

みどりごの息子の太ももくらゐなり茨城から暮れに届く蓮根

蓮根をすぱっと切れば穴黒く蓮田の泥の冷たさを吐く

夕暮れてジェット噴射で蓮を掘る筑波颪にするどき影絵

これ昭和これ平成の節なりとその先つぽの三つ目の節

くろぐろと節のみありて貫かれる教訓はなくぽきぽき分ける

『源氏物語』にも出てくることば
つり革にしがみつき嘔吐こらへる男　たとへば〈こころの鬼〉のすがた

しんしんと加湿器の噴く冬霧の豊葦原の国はおとろふ

雪は手型のくぼみに

牛久駅前

稀勢の里横綱となりし碑の建ちて雪は手型のくぼみにのこる

平成に良かりしひとつ母の日の白カーネーション無くなりしこと

一九五〇年代生まれのことを

無共闘世代の尻尾であるらしきたしかにたしかに〈われら〉といはず

# 同年生まれで集まること雑誌作ること全くおもはずそのこと〈われら〉

次の時代の嘴

幕の内弁当の容器とおもふなりこころに今日のことを詰めゆく

斉藤斎藤のうたにしづかな軌跡描《か》きしイチローは去り　桜《はな》まですこし

てのひらをおほきく当てれば日だまりのビオラの顔のみなあたたかし

二十度の体温ありて動物にちかきさびしさショクダイオオコンニャク

新天皇は同学年なりはらはらと家族を目守《まも》るやさしさ見せて

ナルちゃんの一重まぶたと半ズボン　われのはるかな昭和も映る

茨城の家売却

さやうなら　百センチほどの息子ゐてかたかたと迎へに出てきた家よ

わかき父わかき母にて恥づかしく豆まきのこゑ漂ひしこと

選挙

ポスターは春雨に濡れ　平成の反戦のことばは郷愁のごとし

辺野古の海におほきく暗い藻場はあり翳くるほしく陸をはなれず

映像がわれに生み出す感情をソファに掛けて呑み込んでゐる

息子転職

勝ちきることをうたがはばすなはち消ゆるべし息子はさらに尖つた靴を

〈雨の日の珈琲〉といふコーヒー店どしや降りのこころの日は近づかず

母の家より帰ればかならずおなか空きをがたまの花食べる鶸《ひよ》みる

「大丈夫」は子どもに言ひて母に言ひて夫に言ひて亀にも言ひぬ

さはされど自分に「大丈夫」と言へずをがたま食べた鵯《ひよどり》に聞く

寺戸和子さんを偲ぶ会

寺戸さん頬骨たかく動かしてそこより表情は生まれたり

寺戸さんが抱へて生きた〈時代〉ありわれの少し前にありて見えがたし
トネリコは日々に少しの葉を落としくれなゐいろの芽を震はせる

鴉には霊長類の脳があり欲望をさへ堪《こら》ふるといふ

欲望を堪へきれずにおとろへゆく生きものはみな鴉を憎む

大けやき鴉の会議果てたれば翼をほこる音たてて去る

平成の次の時代の嘴で口語のひともわれもうたふ老い

にんげんのゆめ

花か花かと見せて葉になるをがたまの玉芽かがやき雨は止みたり

をがたまのつぼみ食べしは何鳥かにんげんのゆめは誰が食べしか

週刊誌すでに硬派は存在せず終活とただ健康のこと

若者の生きづらさつまり甘えだとこの会でもまた男性がいふ

樹木希林の〈ありのまま〉はロックのこころなりみな親しげに憧れいへど

男性歌人特集ありてだれひとり子供産まざる百六十人

女性歌人特集に並む百四十人だれも子供を産まぬ世も来む

オーガスタ濃緑《こみどり》の葉はにんげんの顔のおほきさにばりつ、とひらく

## フェイジョアの花

フェイジョアの花を食べたよ　癌病みてふいにたちまち死にたる叔父よ

叔父の胸に額づく母をささふれば拭ふ手のなくわれも泣きたり

びくびくと母と合はするながき箸ほのあかき叔父の骨をつかむも

炭酸の飲みもの生者に運ばれて泡は喉《のみど》を擦りて消えたり

潰れない空洞ふえて空洞のみつしり満つるなかに死ぬべし

## ほんたうの場所

老いをうたひやがてほんたうの老いに入るほんたうの場所を誰も知らねど

巨大団地近くのスーパー
ピーコックストア十五時りくぞくと超高齢のひとらあらはる

限界に挑む独居といふべしや手押し車がぢりぢりと来る

さあれひとの孤独とふこと自明なれど自然《じねん》と思《も》へずかかる独居を

スーパーに来る老人に棲んでゐるたくさんの死者スーパーに来る

たくさんの死者と生きゐる老人がひとり分選るこの世の南瓜

## 令和元年の紀の国

那智の滝へちかづく道にそよぎゐて定家葛はひかりのにほひ

定家葛はしろいプロペラ状の花さはさはつけてアメリカにも咲く

滝はただ砕けつづくる水晶の建物としてスマホのなかに

この世なる音を吸ひあげ落つる滝にんげんのもたぬ身体の音

滝といふ古々しき神へにんげんが向けるスマホよ手乗りの神よ

昔のこと

夫は息子を肩車して滝見たり滝にちいさな子ども見せたり

やさをとこ赤人さんのこゑを聞き万葉館出づざんざんぶりに

言の葉がしまふ色あり黒牛の海やひらめくをとめの裳裾

熊野本宮「令和」の墨書ひるがへるフィクションはかくみづみづとして

柏手のびしっびしっとひびくとき青葉切るごとし若者の気は

熊野信仰は「梁塵秘抄」にも多くうたわれた。

若王子《にゃくわうじ》青葉青苔にもいのる「博徒の吾子を負かいたまふな」

定家卿焦りて駆けしさびしさも熊野古道のバスより見たり

若きひときらりと栗鼠の化身なれ熊野古道で古民家カフェを

古道ゆく古民家カフェに古代米　層なす時間たのしき五月

褒められたき日の息子なり山雀はオレンジの胸ふくふくと来る

人生は苦しみでせうとだれか言ひフォークからまた逃げるひよこ豆

過去がつひに役に立たざる時代きて熊野古道に雨の晴れたり

和歌浦旅館廃業つづくころ廃墟ブームも起こりて過ぎし

廃墟ありてサバイバルゲームの人も来しと　和歌浦の名も生き過ぎたりし

「サバゲー」のばらんとしたる語感もあれうすい言葉の地層のなかに
サバゲー場ここより消ゆれど千葉県に多くあるなり戦場のあそび

名前もつゆゑに人格もつごとく昭和平成傷つきし海

名をもたず由緒なければ海も地も変はりかがやき人類《ひと》より生きむ

半島を五月の夜の潮は擦り植物たちの見る夢にほふ

過去が役に立ちし時代のあるものか　濃く嚙みあひて植物と雨

植物だけを食べる友ゐて不眠をいふ植物はたくさん夢を見るから

団塊もしらけ世代も新人類も境界の意味溶けて老いゆく

朝の渚へ降りゆく時間を分けあひぬ去年《こぞ》の紅葉のやうな砂蟹

浜木綿のゆふの白はな蜜を吸ふすずめ蛾もまだ　葉びろにしづか

うつとりと蕊ながの神の木綿《ゆふ》ひらくキジカクシ目ヒガンバナ科に

「枯木灘」は道の駅なりそのひとのおほき体軀をバスに思ふのみ

わっしょい

子供神輿囃《はや》し練りたる夏はるか　青年となりし子らよ、わっしょい

ビニールと段ボールに巻かれて文庫本狂へるごとき速さで届く

さびしいでせうと言はれたる母ラブレターを読むから大丈夫とこたへたり

九十にちかづく母の枕もとうすく息づく朱の箱がある

昭和のやうな肉屋さんあれどコロッケを中年のわれに呉るることなし

「泥濘」が詩語なりし時代《よ》のもう見えず炎暑舗道に鋪入りて反る

気温今日三十九度の予報にも平然としてわれら働く

フリスクを詠むのが流行つたのはいつ　炎暑のなかの雪の思ひ出

をさなごのにほひを巻きつけたる杭よ　園バス送るわかい母たち

口語にてびろりと広げし感情をいかに巻き取るべしや立秋

## 魔とおとぎり草――題詠（時刻を表す言葉）

あふまがとき

逢魔時　ひと日かなしくはたらきし魔はねむるなりおとぎり草に

たそがれ

時間《とき》をいふ言葉にはひとが住み古りてこゑほそほそと沁みる　誰そ彼

ゆふまぐれ

ふるきをみな子遊びたりける色水のたちまちに濃くゆふ目暗れ来る

いぢわるな友の手

これはいぢわるなわたしの友の手です　秋の日射しに老いたわれの手

還暦のわれの隣のきみの髪顱頂《ろちやう》そよそよやさしくなりぬ

還暦のもつ意味いかにもはかなしといへど物差しに赤い印あり

九十にちかづきお嬢様気質いよいよ濃ゆし母も姑も

人生百年時代うなりをあげてくる　菊人形の「高砂」の秋

二次会

飲み放題の店に原価のつくづくとゼロにちかづく料理はつづく

ただ酔ひて何かを吐きだすための店陶板の蓋あけて驚くなかれ

これはひとを蔑する料理と憤れば若者にただほほゑまれゐつ

アスファルト陥没したままの穴はいふ共感しすぎるのはあなたの病である

# 希望、無限

むかしの家に盗みに入るゆめを見き子どもの青いズボンがありき

どきどきとをれば新しき主人《あるじびと》ようこそと言へりわが友なりき

疲れると三葉虫の夢を見るひともゐるなりカルチャー教室

大山椒魚のあたまに見えてくる長く映れるドローンの残骸

ドローンは〈貧者の武器〉なり貧者にも持てるといふこと希望だといふ

北欧家具売り場に今日は迷子なり　さらりさらりがよいと家具たち

無限もやし無限キャベツはまだ流行る平成そだちのちいさな無限

## 不眠

不眠の夜《よ》はいのち濃き夜とおもふべし渦巻く悔いのなかの若き日

家うさぎに顔舐められる歌にあふ舌はビオラの花びらくらゐ

政治家はあやまるあやまるあやまることはこんなにも簡単だよとあやまる

あやまるとはかういふことか武田百合子もわたしも謝らないといはれて

定年のなきゆゑ老いをおもはざれ定職のなき三十年をおもふ

Amazon の箱はおほきな空間をもちてつぎつぎ着きけむり吐く

尻ふりて啄みゐたる白鳥の生きづらさ消ゆ池に降りゆき

五十年に一度の台風生《あ》るる日も生食パン「乃が美」に人は並びぬ

ひとりではもう逃げられぬひとだから母は妹の家へ行きたり

二階で溺れて死ぬといふ死こそ一つの形となりて令和ぞ

母の家古ければガラスに目張りせり母そのものに目張りをしたり

目張りとはいかにはかなきことならむ目張りをしつつ戦争のことを

台風翌日のワールドカップ

人類的憂鬱と個人的憂愁をわすれて松島幸太朗に拍手

一人子ゆゑラグビーはやめてと言ひしこと二十年まへの楕円のボール

紙とペンあればできるといふ短歌《うた》も自宅浸水のひとからは来ず

押し流す映像燃えあがる映像　映像と映像のあひだをわたる

## 淑気

門松や輪かざりかをる草木のいのちを立てて淑気《しゆくき》ありたり

一日《ついたち》のコンビニ開《あ》かず新年の淑気のために人間のために

驚かない顔

羽布団かけて路上にひとねむる令和師走の都庁の麓

カルチャー教室

「不幸の手紙」の短歌《うた》ありて聞けば二十人みな覚えある昭和の生まれ

ありありと若きちちははは「不幸の手紙」を見下ろす夕べの食卓はあり

メロンパンはどんなふうに食べた十歳の私はどちらのグループにゐた

電車停まりすなはち老人倒れたり乗り来て舌打ち跨ぎたるあり

われと友老人を起こせば老人はわれと友よりさらに小さし

跨ぎたる男はわれの息子でない確かめながら見上げて睨む

老人にいらだつこころ隠すなく三対一で青年も睨む

車中にて何があつても驚かない顔を手に入れ平成も過ぐ

一年に死にたる人らを思ひ出せばひとりも笑はずわが前に立つ

われのことば息子のことば辛うじて夫が二つのことばをしやべる

産んだのだから息子の転がりゆく先は見えるといひしか昔の母は

二夜寝て息子帰りし一月二日大堀川で翡翠にあふ

永井荷風展

薄氷《うすらひ》や抱負宣伝の年賀状を今年も憎む荷風散人

大黒家なき本八幡　植物のやうに柔《やは》くもひとすれちがふ

私娼を愛して何にか抵抗したといふこころの仕組みやはり愛さず

「小星《せうせい》」は妾のことなり読みをへて鼻も小さく冷えつつねむる

寸馬豆人

風邪ひけばひとの悲しみわが悔いも寸馬豆人あたたかき冬

一本足でどろどろの沼に立つわれはさびしいといふ声にこたへず

妹より遅れて曲がりだす小指おづおづと来る母の遺伝は

鳥たちがもてる磁石をうらやみて方向音痴冬岸をゆく

岩田正先生

大食堂でひとりご飯を食べてゐる先生の夢はじめて見たり

先生は生きをると思ひ行きすぎて振り返ればまだ先生は坐す

## 山雀

雪うすくしろき海星のかたちなす富士山見えて宮崎へゆく

飫肥のまち赤斑《あかふ》黒斑《くろふ》の鯉むれてふと鞠になるきさらぎの昼

「ひたすらに恥づかしければ言はずおくおのれ山雀《やまがら》にて逃ぐる夢」（伊藤一彦）

山雀はあかるい茶色の胸をもち若き日の一点からわれに問ふ

東郷町なくなりたれど元町長さん大柄にして山水の格

思ひ出の鍵はあけられ一杯の白湯《さゆ》のめば春の川はあらはる

書かなかつたこと

三月の空に帽子を投げ上げて老いたと言へり若者たちは

左目が見えない母は右目にてセーターを編み娘《こ》のうたを読む

片目が見えないのはどんな感じならむトイレで左目を瞑りをり

なまなまと今日の憂鬱あらはれてかさぶたとなる昨日の憂ひ

本当の弱みは見せることなからむその人が書かなかつたことを考ふ

## マスクと春

桜の日マスクある人なき人も息せつせつと感じて歩く

ああ、といふ息の温《ぬく》さを溜めながらマスクのわれは桜をあふぐ

にんげんはたつた一人でわれを見よ　メジロ遊ばせつぶやく桜

休むなくマスク工場が生んでゆく白は明日咲くさくらの嵩《かさ》に

マスク無きひと日におもふ啄木に似合ひて牧水に似合はぬマスク

黒いマスクが似合ひさうなる啄木は「時代閉塞の現状」を書きし

マスク得てわが息大事われ大事〈われ〉を抱きて問ふことをせず

## レモンの木

距離の向かうにひとを思はむ五月来てほそきレモンの木をば植ゑたり

届かざるアベノマスクをもうおもはず五〇〇億円の雲をおもへり
　本当はいくら？

二メートル離れれば音の世界なき母と義父へ〈ソーシャル・ディスタンス〉

ひとはひとりぶらぶら生れて死ぬまでと思ひゐし高校時代は甦《かへ》る

古い古いコロナ車を愛し駆る友ありかなしかるべし友もコロナも

平成はいまだ昭和でありけりと〈コロナの後の世界〉に思はむ

医療者にも失業のひとにも繫がらず噴くやうに咲きし花殻を摘む

大堀川岸を歩けばぼた餅が穴に入りぬもぐらなりけり

軽やかでいつまでも老いることできぬ団塊カップルわれらのまへを

こんな時代に若くて軽いほかはなく古老・大人《たいじん》なき世へ歩く

影あらぬ青葉の岸に午後は闌けたちまち増ゆるユスリカの柱

ガチャポン

「会ふ」「肩を寄せる」「囁く」さまざまな動詞息づく小説を読む

三か月籠もればほとんどの歌の友もともと籠もることが好きだと
たいていは一人が好きな歌の友が集まり話すときの楽しさ

一メートルおきの行列にも慣れて近づかればじゆつと不安か

ひとのにほひ恐かりし若きわれならば喜びにけむコロナ禍の距離

ある地層からあらはれむ繊維片　夏の布製マスクは暑し

引きこもりの人も気楽にならむ時代《よ》といふこゑはうすいテレビのなかに

身の濡れるまで泣いてゐる子のまへにガチャポンひとつ出でて輝く

カプセルに密閉されて人とどくその安心をおもへガチャポン

## 東郷彪

# 東郷彪、平八郎の息子にて菊作りの名人黒猫愛好家

秋風がさやさや捲りゆく場面会ひたき人らのページ終りぬ

〈昼から飲めるこんな幸せな世界！〉時短となりたる居酒屋のビラ

ひとはひとり　ほか弁・松屋・大戸屋のプラスチックのバッグをさげて
ひとはひとりといふ真実の見えながらその真実をうまく味はへず

あはれあはれZoomの窓からこぼれたりその人が夫を叱咤する声

はじめをかしくやがて悲しき十人の〈わたくし空間〉Zoomの窓に

盛り上がりただよふ重油を吸はすべく海に投げられし人間の髪

認め印

コロナ禍に手放してゆく交際の一つ惜しまずしら萩の風

こころとは思へないほどばしばしとメールを打てどこころを籠めて

室内楽用小ホールにて歌会すマスクのしたから声をひびかせ

この歌のファイティングポーズは僕にはない秋の歌会に斉藤くんは

この秋に読みし三人《みたり》の歌集稿三人夢のごとく子を失ひたまふ

目眩かとおもへばパソコン囲みたる本と資料の山が崩れる

「い」を打てば「いつはりのなき世なりせば」があらはるる令和二年の秋のパソコン

ひたち海浜公園

コキア真つ盛りの映像あらはれて赤木氏と赤木夫人をおもふ

コキアきれいネモフィラきれいといふたびに怒りをゼロに戻すわれらは

コロナ大題詠大会はいつ果てむあたらしき題はだれが与へむ

わが母と幼なじみのおばあさんマスクしてまんぢゅうのごとくくつつく

わが母の宵つ張りかはらずあることは残世の長さ　さびしくあるな

一生は生くるに値するものと昭和映画の最後のなみだ

二十分の昼寝は良かり電話にて叱られたりしこころは遠く

引き出しの旅の小瓶を振ってみる〈象潟の瓶〉〈油津の瓶〉

#Me Too の話渦巻き生ビールをんなばかりの宮崎の夜

たくさんの回想をしたね十か月トネリコのながき落葉つづく

蠣殻町の息子を思へばくろぐろと殻積もりゐし江戸に子は駆く

コロナ禍の航空会社、東京遊覧飛行

昭和四年のうたびとが見し国の裔《すゑ》令和二年の遊覧飛行

飛びながら口語あふれて歌となる大空ありてやがて暗みぬ

肘タッチの部族とはなる　菅首相の暗きまなこの記憶とともに

あはれあはれ一字ちがひの菅丞相柘榴吐きたる学問の神

軽やかに咲きて実りしジューンベリー橡色《つるばみいろ》の落ち葉となりぬ

感情の現実にふかく負けゆかむ冴えたる比喩も濃きてにをはも

鍵かけし机のなかに実印の守《も》り役としてあれ認め印

息とめてぐにぐにと押す気迫など人生の場面集から削除

一生を肌身離さずもつ物のどんどん減りてはだかにちかづく

龍の打ち掛け

舟のかほ木の葉のかほや蝶のかほマスクのしたにひとわらふとき

玉の緒は日本の多肉植物で秋ふかむとき赤く恥ぢらふ

国立歴史民俗博物館「性差《ジェンダー》の日本史」展

出だし衣《ぎぬ》は結界であると書かれゐて王朝絵巻に黒ずむ紅は

ギヤマンの龍の目玉を縫ひつけし遊女のための青き打ち掛け

龍の牙は象牙でありぬ打ち掛けのなかに砕けるからだも見えし

遊女小雛三月七日朝の食「くさつた香々で茶漬け」と書けり

死者が出ない程度に
遊郭に火事多きことをんならはかならず小さき火をば付けしと

娼妓の儀式

土間に蹴落とされてはだかで飯を食ふ手を使はずに人界の外

システムがばりばりとからだを食べてゐる音はひびきぬ博物館に

紅葉の早坂峠

のちに書くことあらざらむ「岩泉字森越」ふとく書きたり

紅葉の早坂峠のバス休憩みんな出てくる二十年まへの若さで

訃報とは横からすつと来るものか甲種さんのときも孤星さんのときも

苦学せるきみの誇りとおもひたり筆名孤星のかがやく昭和

本名に筆名に時代の影ありてキラキラネームにいよよ影濃し

訃報来てどこか潰るる痛みありもう一通出すべき手紙はありし

同じ近さに

おほ犬の白毛ほどの蒲の綿たつぷり飛ばす大堀川は

ホットスポットなりける川をなぐさめて水仙かをり曼珠沙華咲く

「立ち入り禁止」が「長時間立ち入り禁止」となり岸に降りゆき釣りをする人

サギ・ツグミ無一物でゆく大空よりそつとはづせば双眼鏡冷ゆ

以前住んでいたところも現在の住所も、東日本大震災による福島第一原発事故後、ホットスポットとなった。沖縄などに自主避難した人も少なくなかったが、大抵数年で戻ったようだ。ごみ焼却灰の放射線濃度を抑えるために不燃ゴミとして出していた草木ゴミは、昨秋から可燃ゴミで出せるようになった。

〈草木は可燃ゴミの袋に戻ります〉たき火せし昭和までは戻らず

〈被災地〉にあらざる証《あかし》　ハワイより母子《ははこ》もどりて自転車でゆく

息子とは一年会はずZoomのみ歌詠む若き友よりも謎

ＰＣＲ検査

唾溜めむと焦ればいよいよ痺れたりさびしく阿呆のごときわが舌

老いて思ひ出しつつ生きる日の予習　黒いビオラに霜は降りたり

自粛の日つづけば死にし先輩も生きゐる友も同じ近さに

母校（高校）の近くに住んでいる

冬に澄む母校のチャイム　手も足もちいさいままに老ゆと思はざりき

教鞭をとっていた八木重吉

千代田村柏はさびし重吉が住みて『貧しき信徒』を書きし

潰れたるパンケーキ屋のあとに来しラーメン店「ワンオペ中」とあり

ワンオペの店長も客も二十代汗むんむんと黙つて食べる

若者の黒いダウンの列が巻き世代別飲食店流行るべし

独居高齢者通報システム

ブレーカー落ちてしまひし母の家消防署の人もわれも行く真夜

九十のひとりの母へ五人動くコント見てゐる冬のオリオン

母の辺にぺつたりとゐる日の増えるコロナ自粛のまた始まれば

ふたたびの自粛始まり今日われは話すセキレイ・コサギ・わが夫

カルガモやコサギと夫はどうちがふ風に顱頂《ろちやう》を吹かれて黙る

歌はすこし自分の型《かたち》に倦んでゐるの　寒風にからだ澄みゆく鷺よ

無精ひげの夫を見るなし真面目にて長病みをせず被災せざれば

公園の土も遊具も入れ替へて故郷に帰れぬ人を忘るや

引つ越しで行方不明の線量計そのやうに不安は見ないで生きる

飛行機の減便となりし空ふかく白鳥は飛ぶ手賀沼のうへ

〈往昔《そのかみ》のフェミニズム〉とは言ふべしや　声うばはれて自死の女《ひと》増ゆ

マクベス夫人のはるかなる手よ　失業を恐れて洗ひただ痒き手よ

記憶のこらぬ義母の辺《へ》難聴の母の辺へ疲れしわれは憩ひにゆくも

新居浜のばら寿司のこと義母語る　ただ〈今〉としてかがやける海老

しんみりとしたさびしさだけになつてゐる義母は息子にもたれ目を閉づ

会はぬまま恩ある人のまた死にて恩は真つ赤な椿にのこる

## 人間の群れ

二〇二一年一月六日、トランプ大統領支持者たちが国会議事堂へ乱入。

七草や　米国国会議事堂になだれ込みたる人間の群れ

貧しさが生みたる巨軀のひとは叫ぶ正しいことは無力なるゆゑ

## 回想のピリオド

コロナ禍でみな一斉に〈過去〉へ潜るおーいおーいと呼んでみるけれど

廃業のレストランに椅子積まれをり逆さに吊られし鹿たちの足

一色に染まりてみなが詠ふ時代《よ》を知らず来ていまがそのときならむ

干し柿や林檎をバターで焼いて食む一人居の母濃きもの少し

消毒液たつぷり噴かれて真つ赤なる母のかなしい手のひらを撫づ

リモートで授業するこゑは二階よりときどき混じるわかき日のこゑ

ホッピング可愛ゆけれども声聞かず口をつぐむのでツグミといへり

ツグミはも茶色のセーター編み込みの模様着たままシベリアへ去る

回想のピリオド今日はうつくしい木靴のやうに浮きゐるコガモ

## ＡＩの子ども

かりん歌稿の箱送らむと電話せり「ＡＩが承ります」と新緑の日

「ＡＩが承ります」とクロネコ便取りに来たのはまだ人間なり

ごつそりとオペレーターは消えたのか鱗のやうな新緑のころ

「先生」まではもう現実らしい。

アバターは圧がないので嬉しいです先生も親も妻もアバター

子供の日「子供がなりたい職業三つ」きらり見てゐるＡＩの子ども

雪岱が描いた夜

「牧水はラッパーの顔」と返事来て一年つづくメール歌会

会いたいとふ気持ち隠れてしまふ日あり　茎・花・葉みな銀緑の草

日記みれば去年の春の日本はパチンコ屋に入るひとを責めゐし

志村けんの可笑しさいまもわからねど真面目なひとの不意の死甦る

「小池対丸川」などてふ言はれやうも女なればの哀感を呼ぶ

スノームーンストロベリームーンつぎつぎにはやるアメリカ流の月の名

小村雪岱展五首

刈り込まれし青草生なれ畳の間ほつそり黒き三味線を置く

長者橋のうへにをんなら組み合へり雪岱が描《か》く黒白《こくびやく》の夜

金のために女あらそふ橋のうへ脱げて転がる女ものの下駄

格子戸や雨のするどき描線を分けてゆく急ぎ足にをんなは

個性なくしかも細かくうごく顔刺青彫らるる高橋お傳

黒白の部屋より出でて混じりゆく白きマスクと辛夷の日比谷

Uber Eats のひとは漕ぎ去る日本橋雪岱風のよこがほを置き

あざやかにをんなの不便証しつつUber Eats　をんな少なし

一億総懺悔・一億総中流　しんしんと「一億総」のまぼろし

取つ組み合ふをんなの夜のつづきなれ白き辛夷の令和、日本橋

この生のかぎりにマスク掛けるのと母は問ふなり木蓮のした

下の名でなくて名字でさつぱりと話しかけたし次に会ふときも

みどりごやをさな子のまへにあらはれて柔らかくあれ人間の唇《くち》

「団栗」

寅彦の「団栗」にある感情よ　生《せい》の水面はちいさく澄んで

清掃の仕事で使ひし雑巾をデッサンする人ひと日一枚

芋虫のやうにも深い靴にも見ゆそのひとが堅く絞りし雑巾

両腕に重くかかへてゆく人よ老いたる犬を老いたる人は

## 痛みについて

ミャンマーの映像の血がリビングに溜まるころふと放映の止む

原因不明の痛みの原因をあげてゆくいもうと　痛む世界に

さつき雹が降つたからかもぎんぎんに踵が痛いといもうとはいふ

すべて痛くなるべき部分としてあると幼日われを追ひゐしからだ

痛みはわが内なのか外なのか光なのか亀裂なのかといもうと

炎昼煉獄

手賀沼のほとりの田んぼをゆく怪鳥《けてう》アフリカ生まれのミナミジサイチョウ

ファミリアと子らは名づけぬアフリカより来りて逃げし南地犀鳥

アミメニシキヘビ・ミナミジサイチョウ日本人がひつそりと飼ふ色はかがよふ

消毒液たっぷりとある洗面所「助けを求めてください」のカードも

「生理の貧困」はをかしな言葉とおもへども杭立てばそこに渦をなすもの

『戦争は女の顔をしていない』（スヴェトラーナ・アレクシエーヴィチ）

血の染みたるズボン穿くまま濯がむと河に入り撃たれし女性兵士あり

「女のアバター作りて生きる男《を》もよからむ」さういふロボット科学者は男

月経がつくる感情はヒステリーなどでなしいんいんとして根を張れるもの

「健《すこやか》なるわが月経《つきのもの》早春のものの香けさはわきて親しき」（岡本かの子）

月経《つきのもの》ありて春の香したしきとうたひし人へ、二〇二一年

男性大家・結社の時代にひなげしの経血の歌うたへりかの子

古雑誌繰りても繰りてもかの子の歌は取り上げられず　恐れたるべし

「呪ひが解けた」と閉経をいふ友ありて祝賀の生ビールを注ぎぬ

ルービックキューブのやうに割れてゐる世界に響く「自分事として」

新感染者今日三人の長野県葡萄畑のひともマスクす

この風で顔を濯いでゆきなさい塩尻駅にあるぶだう棚

宮崎生まれ今治そだちの九十の義父に似てゐる幾たりおもふ

チカコさんは好きな道で稼いでええのうと義父言へりわれのか細き道を

つくづくと組織を嫌ひ来し義父がランチョンマットに置く義母の箸

九十の親たちそれぞれ保つ耳、目も歯もさびしく背きあふなり

おかあさんの息子は六十二とこたへわれもつくづく義母と笑へり

どんぐりほど金柑ほどと見るうちにレモンの大きさにならむ濃みどり

車よりサッカー場見えて過ぎるとき炎昼煉獄に遊ぶ若者

灼熱の午後のかげろふ　テレビのなかを吹き抜けし昭和のお笑ひのこゑ

〈美女〉を箱に入れて切断する奇術〈美女〉よみがへり手を振りゐたり

ゆるキャラの「ゆる」の語感もはや合はぬ時代きてくまモンだけが手を振る

リオ五輪最後にあらはれたるマリオ悪夢は五年をかけて爛熟す

競技場観客席を埋める〈無〉よコロナ時代に生《あ》れぬ子坐る

## 柘榴の庭

酷暑なれど午後六時には風の来て父母《ふぼ》わかき柘榴の庭は甦《かへ》りぬ

僧侶なる祖父と商人なる祖父とよき友なればわれの生まれし

ほうらまだ一人で入れる乾きたる浴槽に入り出てみせる母

線状降水帯武器のごとくに天気図にあらはれゐたり夜半のパソコン

腐草蛍となるといひたる昔あり水ちかき人の暮らしすずしく

仕事終はり宮崎空港に思ふなり老人ホームに今日入りし義父母《ふぼ》

キーウイなら食べる義母へと買ひつづけし夏終はり毛の深きキーウイ

# あとがき

前歌集につづく二〇一八年春から二〇二一年秋までの歌四六二首を集めて、第十歌集を『雪岱が描いた夜』と題しました。

二〇二一年に催された「複製芸術家小村雪岱　装幀と挿絵に見る二つの精華展」は印象深いものでしたが、中でも邦枝完二「お傳地獄」の挿絵原画「川に投げ込まれたお初」は、まっ黒な夜の川に投げ込まれた女の足だけが白く突き出ているのが衝撃的で、その黒白の時間はそこに止まって今日に続いているようでした。歌集の題はこれにちなみます。

歌集前半は、かりん四十周年と急に決めた引っ越し、三人の親たちに関わることが増えてくるなど少し慌ただしい時期でしたが、ちょうど平成から令和への改元もあって、時代のことを詠うことが多かったかもしれません。

後半は思いがけない新型コロナウイルス禍の日々となりました。二〇二〇年春の歌を読み返してみると、当時はまだ今日にいたる状況は想像できておらず、アマビエやら新しい生活様式やらの言葉がどこか楽しげであったようにさえ思い出されます。その後は、もう少し、今度こそと思いながらなかなか出口が見えてこない状況が今に続き、そういう日々を反映した作品は、コロナ以前と呼吸が少し違うような気もします。

この歌集の時期に還暦となりましたがとくに感慨はなく、日々新しい眼差しをもってこの激しい時代と人間を見つめたいと思うばかりです。

＊

コロナ禍で人と会う機会は激減しましたが、その間にも馬場あき子先生はじめ、多くの方々に直接間接の励ましや刺激をいただいていることに深く感謝いたします。また集まって、にぎやかに飲み、語れる日を楽しみにしています。

歌集名のきっかけになった先の雪岱展の監修者であり、雪岱研究家として活躍めざましい真田幸治様に三冊目の装丁をお願いすることができ、とても楽しみです。そして、初めて歌集をお願いしました本阿弥書店の奥田洋子様、佐藤碧様にも大変御世話になりました。心よりお礼申し上げます。

二〇二二年一月二〇日

米川　千嘉子

かりん叢書第三九二篇

歌集　雪岱《せったい》が描《か》いた夜《よる》

二〇二二年三月二三日　初版発行

著　者　米川《よねかわ》　千嘉子《ちかこ》

発行者　奥田　洋子

発行所　本阿弥《ほんあみ》書店

東京都千代田区神田猿楽町二―一―八

三恵ビル　〒一〇一―〇〇六四

電話　〇三(三二九四)七〇六八

印刷・製本　日本ハイコム㈱

定　価　二九七〇円（本体二七〇〇円）⑩



ISBN978-4-7768-1589-1 C0092 (3305)